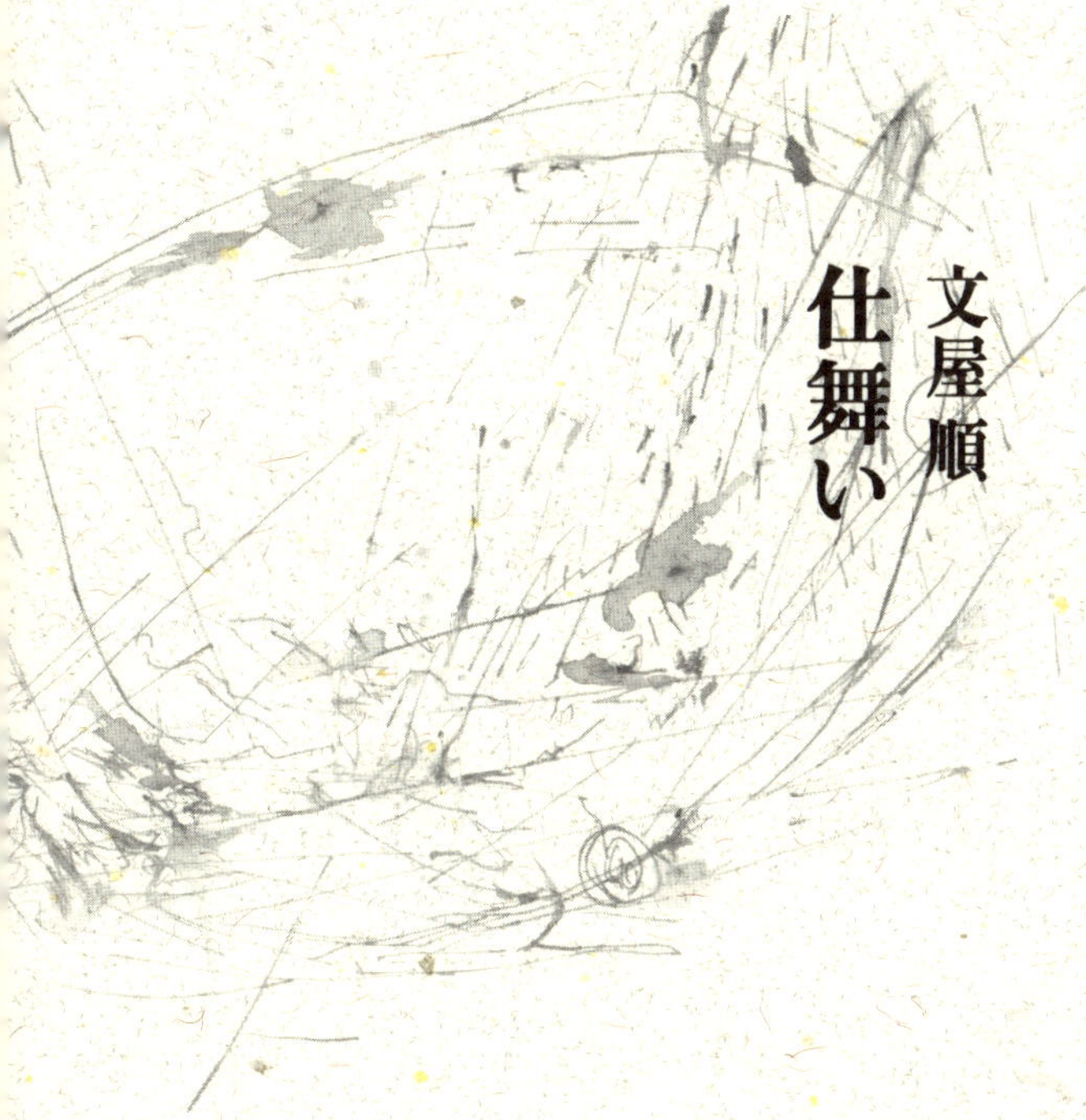

文屋順

仕舞い

思潮社

仕舞い

文屋順

思潮社

目次

袖振り合うも　8
魂の歌は歌えない　12
変動　16
存亡　20
翌日の記憶　24
カウントダウン　28
笑い　32
後退する心　36
ある光景　40
前を向いて　44
遠い空から　48
自由への架け橋　52

目撃　56
通り過ぎる風は　60
去るものは　64
朝に　68
歯車　72
季節の途中で　76
誰もいない　80
ぜんまい仕掛けの　84
仕舞い　88
あとがき　92

装幀＝思潮社装幀室

仕舞い

袖振り合うも

険しい山を越え
一匹の羊を飼い慣らし
粗末な帆掛け舟に乗り
金色に輝く光を浴び
いつも少年のような眼を輝かせ
血の滴るような生肉を食べ
果てしなく続く未来への行列に並び
一週間分の食糧を一日で食べ尽くし
西洋占星術を信じ

頼りない案内人に振り回され
苦しい急な坂を上り
強い向かい風に抗い
なかなか点の入らないサッカーを観戦し
真夜中に散歩に出掛け
冷たい冬の雨に濡れ
スキー場で転倒して足を挫き
旧友の消息が不明になり
晩夏の蜩の声を聞き
冠雪した富士山の雄姿を眺め
中学校の教科書を読み返し
ご利益の多い神社に参拝し
赤いスポーツカーを乗り回し
世界の重い蓋を開け
鄙びた温泉宿に泊まり

去って行く人を見送り
泣き止まない赤ん坊をあやし
少しずつ近づいて来る季節の足音を感じ
独りで狭い部屋に閉じこもり
苦しい言い訳を繰り返し
私たちは出会ってしまった
それぞれが生まれる前に
他生の縁を生きるために

魂の歌は歌えない

じわじわ追い詰められる毎日の
何気ない言葉の先端に
ふと立ち現われる醜い動きが
私の心を少しずつ毀していく
まだ何も見ていない
未知の人間性の彼方に
埋もれている貴重な原石を掘り起こして
輝き始めるまで丹念に磨いている

旅行客で混雑している駅で
古い友人と待ち合わせたが
結局会うことが出来なかった
日付のないカレンダーに印を付けて
ずっと楽しみにしていたのだが
彼はどうしたのだろうか
ショックを引きずりながら
とぼとぼ帰る途中で
不思議な看板を見た
「魂の歌を売ります」
そう書かれただけの真新しい広告板が
道路脇に目立つように立てられていた

力が入らない私には
魂の歌は歌えない

か細い声で口ずさむ下手な歌は
どんな人の心にも届かない
プロの歌うソウルミュージックは
胸に響いてくるから
次の日までその余韻が残る

万葉集の相聞歌のように
心が通い合う時代ではない今
些細なメール交換は
意味があるのだろうか
泣いている幼子を慰める
怒っている老人を宥める
そんな魂のこもった歌が
この世の中に一曲でもあればいい

変動

やがて地球の核が動き出し
熱く噴出するマグマの勢いが
陸地全体を覆いつくし
どんな生物も生きていけないほどに
激しく暴れまわるだろう

人間の果てしない野望のために
滅んでいく祖国
無尽蔵ではない石油資源を

私たちは長い間浪費し続け
一時期未曾有の燃料高騰で悲鳴を上げた
海の環境変化で
昔ほど魚が獲れなくなっている
そのうち私たちの食卓から
消えてしまうかもしれない

今世界の中枢が狂い出し
百年に一度の金融危機による景気後退が
庶民の生活を苦しめている
物価上昇にリストラの嵐で
職を失った人たちが増加し
住む家を追われて
明日をも知れぬホームレスになっている

変わってしまったのは
私たちの本来の人格で
荒んだ心が犯罪に走らせる
通り魔による無差別殺傷事件や
政治的なテロで一般市民が被害を受ける

世界が変わり
日本が変わる
見てはならない夢が小さくしぼんでいく

存亡

長い長いトンネルを抜けると
急に眩しい陽射しを感じて
思わず一瞬目を閉じてしまう
苦しい坂を上り
そして何事もなかったように
ゆっくり下って行く

説明できない宇宙の原理で
未来永劫続くであろう存在として

その果てしない構造を
安易に納得しようとする

空っぽな世界に
私たちは偶然生まれてきたが
かつて絶滅してしまった巨大生物のように
やがて人間たちも死滅してしまうのだろうか
どんな生命体も存在しない
無に帰する暗黒の時代がきて
時間だけが確実に過ぎていくのだ

私たちは確かに生きていた
年老いた数多くの人々が
悲鳴を上げながら暮らしていた
でももうここには誰もいない

築き上げた文化遺産は
砂像のように崩れていった
荘厳な音楽が流れる中
私たちは静かに息を引き取った
奇蹟の青い水惑星は
もう二度と誕生しないだろう

翌日の記憶

真夜中にふと目が覚めて時計を見ると
まだ二時間しか眠っていない
いつか見たことのある夢で
懐かしい記憶が甦り
幼い私の影が長く伸びていた
暑い夏の日の昼下がり
ランニングシャツに半ズボン姿で
左手に小さな野球グローブをはめて
ボールをブロック塀にぶつけて

ひとりで遊んでいた
小さな集落の駄菓子屋で
十円で飴玉を二個買って
それがなくなるまで舐めていると
私の舌は苺色になった
今では東北の夏は昔ほど暑くはない

大学受験で上京した帰りの電車で
隣り合わせたおじさんに
カップ酒をご馳走になった
あの粋なおじさんは
私がまだ高校生だと知っていたのだろうか
食堂車で食べたポークソテーの味を
まだかすかに覚えている
今では新幹線に乗ると

ゆっくり駅弁を味わっている余裕もないくらい
すぐに東京に着いてしまう

薄いベールに包まれた明日がきて
私の身の上に降りかかる
色とりどりの感情の帯が
様々な過去の傷を蔽って
溶けていく氷のように
すべてを消してくれる

カウントダウン

新しい時代が明けるまで
相当の準備をしてきたのだが
時間は止まることなく
カウントダウンが始まった
陽が昇り　陽が沈むまで
一刻の猶予もなく
置き去りにされた名残で
先の見えない不透明な現況を
今日も空しく嘆いているだけ

ふと後ろを振り向くと
夥しい時間の束が
私を追いかけてきて
よそよそしく私を包み込んだ
分厚い法典を読み下して
私に規律正しい生き方を説く占い師
私の中の別の誰かがふっと顔を出し
その不機嫌な表情は
私を怯えさせ
失意の底に突き落とした
丸く収まった時間の欠けらを
十字架のように背負い
暖かい春の一日を無為に過ごした
選ばれた者だけが
この世に生まれてくるのだが

第一線で活躍する人々は
ほんの一握りだ
どんな人間にもかけがえのない人生があり
尽きる時までのカウントダウンが
生まれた瞬間にすでに始まっている
ピーク時の自分の姿を目に焼きつけ
太い手綱をぐっと引き寄せて
ほっと安心したりしている

笑い

それはあくまでも冗談です
人生には時に
スパイスの効いたユーモアが必要なんです
真面目一筋では
本当に疲れてしまいますから
笑うことは健康にいいそうです
私は落語や漫才などを良く聞きますが
面白くて思わず笑い転げてしまいます

笑ってください　自分のために
笑ってください　みんなのために

言葉の持っている色々な意味合いを
十分駆使してその日の暮らしを楽しくさせる
それを使命としている芸人が沢山います
赤ん坊のまっさらな脳に
次々に刻み込まれる知識を
大人になってきちんと活用できる
心の広い人間になりたいものです
どんなに辛いことがあっても
笑いで吹き飛ばして
明日に望みをつなげるのです

でも悪意のあるブラックユーモアには

十分気をつけてください
それは人を傷つけるだけですから

明るく陽気にいきましょう
いつも前向きなことに
アンテナを張りめぐらして
自分の人生を豊かにして
輝かしい思い出を
一つずつ増やしていくのです

後退する心

朝の早いうちから
私の心はすでに後退して
夏バテのように元気がない
多くのことを考えたが
何もいい発想が浮かばなかった
それでも私は
いずれ元通りに回復するだろうと
高をくくっていたのだが
破れた心の欠けらは

宙に浮いたままだ
真ん中の空洞を埋めようとしても
追い詰められた窮地の中で
かろうじて原型を留めているだけ
心の裾野に広がっている最後の
気力を振り絞って
ぎりぎりのところで踏みとどまる

大いなる平原のはずれに
私の知らない罠が仕掛けられていて
もう一歩も先へ進めない
何度も後ろを振り返って
心のどこかにある重要なキーワードを
じっと握り締めている
そこから派生する僅かな情熱を

発信しながら地道に歩いて行く
小さな木もやがて大樹に育つように
他人に迷惑を掛けない人に
自分を変えなければならない
渇いた心に生命の水を注ぎ
眼を閉じて
じっと事態が好転するのを
待つことにする

ある光景

小さな公園のベンチに
読み捨てられた漫画本が
雨に濡れてボロボロになっていた
学生時代によく読んでいた漫画も
読まなくなって久しい
あの頃は野球などのスポーツを
テーマにした作品が多かったが
最近は暴力的な殺伐としたものが目立ち
少年たちに悪影響を与えている

サバイバルナイフを持ち歩き
通りすがりの人を切りつけ
「気持ちがむしゃくしゃしたので
　誰でもいいから殺してやろうと思った」
そう嘯く加害者の無謀さが
付近の住民を戦慄させた
このような社会不安が増大し
迷走するランナーたちは
終わりのない悪循環の軌道を
ランダムに移動し続け
大きな代償を払わさせられている
茶の間のテレビで
シリアスなドラマが放映され
ハンカチで涙を拭いている主婦
子供たちが学校に行かなくなり

携帯電話でメールばかり打っている
埃っぽい小路を野良猫が
我が物顔で歩いていた
街中では仕事を失った人たちが
職を求めて悪戦苦闘している
仕事をしていない若者たちが
繁華街にたむろして
悪事を計画している

前を向いて

後ろを向かずに
前を向いて下さい
あなたの後ろ姿はどこか寂しくて
見ていると気分が滅入るので
どうか堂々と前を向いて下さい
あなたは悪い過去を引きずって
だんだん自信を失い
表向きの顔を忘れてしまった
急に明るくなるのは無理としても

新しい自分を早く見つけて
生きている意義を確認して下さい
きっとあなたを喜ばせる日もあるでしょう

何度も経験した悲劇のような
がんじがらめの呪縛を解き放ち
落ちてしまった深い穴から
必死に這いあがって
二度と同じ失敗をしないように
石橋を叩いて渡って行きましょう
私はそんなあなたを守ってやれず
急峻な山から墜落するのを
救ってあげることが出来なかった

昨日失くしたものを今日拾い

私の隣をふと見ると
見知らぬ人々がいて
みんな黒いコートを着ている
彼らはすでにこの世にいない人たちで
私をどこか遠くへ連れ出そうとするのだが
私は何とか振り切って逃げた

あなたが生き生きとしていた頃の
眩しい表情を思い出しながら
もう一度あなたの笑顔を見たくて
睡眠薬入りのオレンジジュースを
そっと出したけれども
あなたはそれをなかなか飲んでくれないので
私とあなたのゲームは
まだまだ続きそうだ

遠い空から

さあ目を凝らして
遠い夜空を見上げてごらん
無数の星が億光年の彼方から
私たちに強いメッセージを送ってくる
みんな同じ地球という惑星に生まれたのに
長い間醜い争いを続けている
宗教の違いから簡単に相手を殺傷したり
国境の山岳地帯に隠れて
無差別テロの機会をじっと狙っている

小型船に乗って海賊行為をする貧しい漁民たち

後ろから私を追いかけてくるものがある
それはものすごいスピードで
私の体を一巡りして
あっという間に立ち去った
怖いのは突然襲ってくる災害
昨日の苦しみが癒されないうちに
もう一つの哀しみを抱える
日毎に衰えていく身体機能が
ひとを気弱にする
いつも同じ悪夢を見て
はっとして目覚める
それでも私は言うよ
「どうってことないさ」

あるいは
「どうにかなるさ」
昨日の自分に入れ替わって
過去の忘れ物を探し出そうとしている

自由への架け橋

生まれたところを遠く離れ
昔のことは何も憶えていない

美しい花の咲かない庭に
腐った水仙の花が落ちているが
それを拾おうという気になれない

常に動いている世の中の
鋭敏な姿を直視して

その急速な歩みを
自分のものと比べてみて
その大きな差に愕然とする

遅れている時計が
昨日今日の誤差を修正できないままに
いつまでも置き去りにされている

今はもう誰の力も借りることなく
早く自由になりたい
囚われの身から解放されて
私のまわりの不協和音を消し去りたい

話すことの自由
聞くことの自由

見ることの自由
生きることの自由
自由であることの自由

私たちはいつも
脆弱な躰を労りながら
昔からの良い食べ物を食べて
健康を保っているが
運悪く病に倒れたら
強い精神力で病魔と闘い
一日でも早く恢復するように
頑張るしかない
しかし現実はなかなかそうもいかず
今年も多くの人々が鬼籍に入る

目撃

不満足な濃い霧の中で
古くからの拙い言葉を連ねて
明日のない苦しい吐息を洩らしている
私の見えないところで
移り気な太鼓の音が鳴り響き
そこから生まれ出た新しい夢が
積もりに積もった果てしなさで
自分のものと他人のものを区別する
主張されてきた言い分を

難しい局面で捉え
長い間友人から借りていた本を
今日になってようやく返した

自信のない目撃で
ひょっとしたら私は
あなたの不注意をいとも簡単に
見過ごしていたのかも知れない
信頼してきたあなたの人柄を
今さら少しも疑うことなく
百の言い訳をも信じることにする

私の心を蔽っているバリアを
取り除くこともせず
抜け目のない試算で

プラスの数字をはじき出す
この世の果てに
全く不可思議な物体が存在し
私たちの環境を悪化させる
頼りない未来を想像する私が
まだ見たことのない時の流れに乗って
子供の頃に戻ったように
遠い道をとぼとぼ歩いている

通り過ぎる風は

通り過ぎる風は
影のない私の過去のよう
通り過ぎる電車は
忘れられない私の思い出
でも昨日会った人の名前を憶えていない
散々彷徨い続けたあげく
やっと辿り着いたところは
枯れ果てた薄の原

私は見たのかもしれない
降り頻る雨の中を
傘も差さずにずぶ濡れになりながら
とぼとぼ歩いて行く老人の姿
あるいは
寂れた街角に佇んで
まるで捨てられた仔猫のように
心細げに震えている少女を

もう帰ろうか
帰るところがあればの話だが
昔流行していた歌を口ずさみながら
学生時代にタイムスリップしたかのように
髪を長く伸ばし
安酒を飲んで酔っ払い

何も怖くなかったあの頃には
もう帰れない

切り刻まれた言葉の端々を
一つ一つ繋ぎ合わせて一篇の詩に仕上げる
でもそれはたどたどしいもので
空しく宙に浮いている

去るものは

やがて人は何かを求めて
住み慣れた町を離れ
見知らぬ新天地に向かって
出立していく
可能性のある限り
自分の力を振り絞って
明日への挑戦を夢見る
すぐに周りの人たちに打ち解けて
新しい自分を創り出している

時代遅れの電車に乗って
当てのない旅をして
隣り合わせた親切なおばさんに
「煎餅でも食べない?」と言われて
遠慮なく頂いた
取り留めのない話に夢中になっていると
気がつけば辺りは一変して
田植えが終わった田んぼが広がっていた
のんびりとした風景に癒されて
都会の憂さを晴らすことが出来た

君はどこから来たのか
長い道のりを歩いて来て
今にも倒れそうなくらい疲れきっているのに

一休みもしないで
またどこかへ行ってしまうのか
風来坊の君は自由でいいな
でも好き好んでそうしているのではなく
君には両親がいなくて
親戚を転々としているのだ
いつか長く住み着く場所を
見つけられればいいのだが
必死に深刻な表情を隠そうとしている君は

朝に

朝は裏木戸から入って来て
私の足元を覆い
小刻みに震えながら
暫く滞在した
朝の光は初めは柔らかく
気温を上昇させながら
少しずつ成長していく
緊張した心を和らげてくれる
静かな雰囲気はいつも新鮮だ

抗しがたいけだるさを
空腹を満たすことで解消し
いつも朝に励まされて
ようやく家を出て行くのだが
陽が高くならないうちに
やっておかなければならない雑務を
処理しているうちに
いつの間にか朝は
どこかに消えてしまっている

ある朝目を覚まして
ふと時計を見ると九時を過ぎていた
寝過ごしてしまったと一瞬慌てたが
その日は祝日で
思わず胸をなでおろしたことがある

朝は夜の名残を含んでいる
季節によって時間帯が違い
境目がはっきりしない表情は
それぞれ別なもので
夜来の風雨が収まり
何事もなかったように
穏やかな朝
人々は少しずつ動き始める

歯車

いつの頃からだろうか
地球の歯車が狂い出し
緑の大地が荒れ果てた砂漠となって
水も飲めない子供たちが
世界中のあちこちに増えていったのは

長い間動き続けている機械を
専門のエンジニアが
定期的にメンテナンスをするように

出来ることなら地球も
きめ細かい点検をしなければならないのだろう

どんな形にも
どんな色にでも
自由自在に変わることのできる
透明な水になりたいものだ
都合のよい八方美人かもしれないが
どのようなタイプの人間にも
すぐに溶け込んで
その場の雰囲気を和ませる
平和な存在が必要だ

時計のねじを巻く人が
ねじを巻くのをうっかり忘れたので

もうすぐ時が止まってしまうだろう
私の時計は
十七歳の誕生日に止まったまま
机の引き出しにしまってある
今この世の中になくてはいけないのは
今日を凌ぐ数枚のトーストと
温かいコーヒーだ
それからそれに見合う神の怒りで
ほら今日が終わる神の合図が示される

季節の途中で

非常に暑かった今年の夏は
畑の野菜を腐らせ
人々の躰は悲鳴を上げた
アイスクリームが飛ぶように売れ
海水浴場はとても混雑した
いつか君と来た砂浜に
捨てられた大量のごみが
たくさん散らばっていた
どうして人はマナーを守らない

いつも綺麗な地球環境であるように
声を大にして呼び掛けるのだが
耳を傾けない人たちがいる

すでに高く昇っている太陽の
眩しい光の中を歩いていると
銀杏の葉が落ちて
黄色く地面に敷き詰められていた
寒風に吹かれて
私の心まで凍ってしまった
果たして暖かい春が
やって来るのだろうか
そう思えるほどに厳しい季節の真只中に
私ともう一人の私が
手に手を取って

昨日から続いている階段を
ゆっくり上って行く
永遠に来ない未来の淵に腰掛けて
無邪気に近づいて来る幼い子供に
苦い飴を与える
今日も空しいピエロを演じている私の
隣で死んだように眠る人を起こすと
抜け殻を残したまま出て行って
二度と帰って来なかった

誰もいない

今こうして私自身が
この世に存在していることに
どんな意味があるのだろうか
確かなことは分からないが
限りなく続いているこの空間に
何らかの法則があって
常に新しい一日が創られ
それを受け止める私が
かろうじて生きているのだろう

古いものを大切にして
前衛を好まず
いつも私の周りで
次々に起きる大きな波に
すっぽり飲み込まれないように
細心の注意を払う
息切れた明日がやってきても
もう驚かなくなった

しばらく無音が続いた後
長い間閉ざされていた心の反射板に
甲高い鳥の声が響いてきて
急に賑やかになる
いつの間にか無口な私が

お喋りに夢中になっている

誰もやって来ない
誰もいない
客の少ないローカル線の無人駅で
紅葉の映える山をしみじみ眺める
田んぼには冷たい空気の中で
置き去りにされたままま
じっと耐えている案山子がいた

ぜんまい仕掛けの

いつものようにまた朝がやってきて
私は重い躰を起こして
電車に乗って遠い町へ
いそいそ出掛けて行った
待ちに待った君の初めてのリサイタル
美しいドレスを脱いだ君の素裸の姿を
私はまだ見てはいないが
流れるように弾かれるピアノ曲を
初めて聴いた時
私は君の清々しい夢を追体験し

長年の想いを遂げることが出来た
穏やかな夜に似合うショパンのノクターンを
まるでぜんまい仕掛けの玩具のように
君は正確に弾きこなしていく
ぜんまいが切れると
君は大きな拍手の中
深々とお辞儀をして
何事もなかったように
ステージから立ち去った

いつかもうすぐやって来るもの
遠い海の向こうから
聖なる異邦人の救い主が
荒波に揉まれて舟が沈みそうになりながらも
悠然とした顔で

次第に周りを鎮めていく
もし時間を巻き戻すことが許されるなら
私はどこに行こうか
いや後ろは振り向かないで
決して美しくない未来に向かって
脇見をせずに走り続けることにしよう

派手な衣装を纏って
颯爽と登場したマジシャンは
アシスタントの美女をいとも簡単に消して
大勢の観客の目を奪った
それから不思議なパフォーマンスを
次から次に黙々とやり続け
心地よく騙された私も
ついでに消してもらいたかった

仕舞い

美しい時間の中に
普段見られない溜息と
哀しいほどに色褪せた想い出が
人と人との諍いで
完全に消えてしまった

長い沈黙の後で
救われない心の動揺を
そっと押し殺す

蓄積した疲労の塊を
少しずつ解き放つ時
突然押し寄せる敗色の波
私たちは常に人間であることを
試されている

誰かが丹念に育てた豊穣な麦のように
いつかきっと人のために
役に立つ時が来る
そのように私たちは
生まれ出たはずなのに
気が付くとこんなに堕ちてしまった
神の手で作られたシナリオは
時にとても残酷でもあり
奇蹟的だったりする

やがて用意された仕舞いの鐘が鳴らされ
急変する山の天気のように
突然舞い降りた光の天使が
私たちを自由な明日へ
静かに導いてくれる

あとがき

小学生の頃私はよく釣りをして遊んでいた。前日の大雨で川が増水して濁った水が勢いよく流れていたある日、私は釣竿一本だけ持って近くの川に出掛けた。いつものポイントでしばらく何の反応もなく待っていると、突然浮きが見えなくなり驚いて竿を上げようとしたところ、もの凄い力で引っ張られ、魚との格闘が数分続いた後、やっと四十センチぐらいの鯉を釣り上げた。いつも小さな鮒ぐらいしか釣ったことがなかったので、初めて大物を釣ることができてとても興奮したのを今もしっかり憶えている。それから何度も釣りに行ったが、それ以来そのような経験をすることはなかった。言わば一度限りのチャンスを物にしたのだろう。詩の世界でも、そのような大物を釣り上げられたらいいのだが、なかなか現実はそうはいかない。
　詩集『仕舞い』は十冊目の詩集で、前回の詩集以後詩誌「舟」と「孔雀船」に発表した作品と未発表の作品九篇を収録した。出版に当たっては、思潮社編集部の小田康之氏と遠藤みどり氏、それに装幀の和泉紗理氏に大変お世話になった。心からお礼申し上げます。

二〇一一年春

文屋　順

文屋順（ぶんや　じゅん）

一九五三年　宮城県生まれ
一九八三年　詩集『片辺り』（文芸東北新社）
一九九〇年　詩集『君を越える』（近代文藝社）
一九九二年　詩集『詩人と私』（花神社）
一九九四年　詩集『クロノスの腕』（創文印刷出版）
二〇〇一年　詩集『都市の眼孔』（書肆青樹社）
二〇〇三年　詩集『色取り』（書肆青樹社）
二〇〇四年　詩集『八十八夜』（書肆青樹社）
二〇〇七年　詩集『祥雲』（思潮社）
二〇〇九年　詩集『無言歌』（思潮社）

日本ペンクラブ、日本文藝家協会、日本現代詩人会、日本詩人クラブ会員
詩誌「舟」「孔雀船」同人

現住所　〒九八三―〇〇一一　仙台市宮城野区栄二―二三―一二―一〇二

仕舞《しまい》

著者
文屋順《ぶんやじゅん》
発行者
小田久郎
発行所
株式会社　思潮社
〒一六二―〇八四二　東京都新宿区市谷砂土原町三―十五
電話　〇三（三二六七）八一五三（営業）・八一四一（編集）
FAX　〇三（三二六七）八一四二
印刷所
創栄図書印刷株式会社
製本所
小高製本工業株式会社
発行日
二〇一一年六月一日